拾尘断想

钱府宏 著

花山文艺出版社

河北·石家庄

图书在版编目（CIP）数据

拾尘断想 / 钱府宏著. -- 石家庄：花山文艺出版
社，2024.1
ISBN 978-7-5511-6925-7

Ⅰ．①拾… Ⅱ．①钱… Ⅲ．①诗集－中国－当代②散
文集－中国－当代 Ⅳ．① I217.2

中国国家版本馆 CIP 数据核字（2023）第 229445 号

书　　名：**拾尘断想**
　　　　　SHI CHEN DUANXIANG

著　　者：钱府宏

责任编辑：刘燕军
责任校对：杨丽英
封面设计：谢蔓玉
美术编辑：王爱芹
版式设计：刘昌凤
出版发行：花山文艺出版社（邮政编码：050061）
　　　　　（河北省石家庄市友谊北大街 330 号）

销售热线：0311-88643299/96/17/34
印　　刷：涿州汇美亿浓印刷有限公司
经　　销：新华书店
开　　本：880 毫米 ×1230 毫米　　1/32
印　　张：5.75
字　　数：118 千字
版　　次：2024 年 1 月第 1 版
　　　　　2024 年 1 月第 1 次印刷
书　　号：ISBN 978-7-5511-6925-7
定　　价：59.80 元

语文是动态世界，写出"前世今生"。

语文是心灵的过滤器，多写就心净。

语文是有情的，直到你泪流满面时，

你才知道它的爱到底有多深。

文章是现实的一个缩影，调音配乐，

移情偷景·巧结思语，一路翰墨。

有些事很难用语言来表述，

行动才是最真白的说明。

假的多了，真的也变成了假的。

钱府岚

目录

◆ 第一辑 诗

◆ 第二辑 散章

第一辑　诗

怀旧

杯酒浪饮目相许，
言守初衷寄酒亲。
今日欲留厢情在，
月走他乡梦不来。

登杨雄山

杨苗宋钱董王殿，
相依同渡步山巅。
雾游山移星月在，
留影寄情落心怀。

守望

昨日相见意难从，
恐尔冷高不我同。
留影撞怀心中荡，
隔空落笔待相逢。

开远三咏

其一 · 植物园

目摄园林心纳景，垂枝成根水分匀。
放眼千探奇观至，万物争辉向天青。
环路迂回佳木秀，绿叶红花谊更稠。
条条织篮洋春意，群叶翻飞片片灵。

其二 · 南洞

南地佛缘开灵洞，泉水东奔落台红。
环山满秀同情溢，天工险石神雕龙。

其三·钟楼

千水万泥簇钟楼，立地擎苍应上游。

人来近前举目望，匠工雕琢媲天工。

客满高楼车满道，满城风光尽眼底。

入屏风光芳草秀，璧作珠联意正合。

春月

花染空气灵，
风流绿叶飘。
爱坐碧海下，
河映明月娇。

▲齐白石 作品

风筝

儿童七八丛，手启长丝线。
凭借东风好，满地放纸鸢。
雄鹰飞入云，白鹤上青天。
不知谁家蝶，落入花草间。

▲齐白石　作品

遥相思

天高山远连水寒，相思遥望九重山。

忽如春雷轰来袭，方知此心越天关。

经山纬水本为性，日月乘天仁相同。

痴心难过今日忘，何时空越与家圆。

忆江南

三月江南柳如烟，清明桥上问古贤。

一湾清水远天去，乡客垂爱意绵绵。

两岸春和飞花在，玉树河欢自相怜。

古今复返台上遇，春到人间爱自还。

失恋的风景

柔发轻扬含情脉，红衣连裙笑颜通。
看尽窈窕滋不去，心恋未随主人同。
楼高茫茫风云淡，少对蓝天自难容。
逢青必有香花处，愿作他乡上门足。

教室

春风误入室，
帘动波撼钩。
不闻生此事，
笔走上纸耕。

病了

杨柳悠悠秋未了，
樱桃枝头鸟望惊。
忽有黑云来敌意，
落叶偷偷泪下痕。

叹景

春芳心花起，
手到处处香。
本该寻中意，
当下无月明。

▲齐白石　作品

暗私度

成规高出私心想，
品行善赖应来往。
若有当下谎口快，
弃管他人短论长。

长青桥

桥头身直内成圆，明人步上思古贤。
俯瞰空下银水线，碧天阔野脉相连。
影物同随秀姿色，玉盘洁地河中仙。
襟飞服浮融春步，异梦偷送笑开颜。

排队打饭

钟声随风到门口，
厨房门前学生游。
侧身队里翘首望，
何人应我移前走。

荷花池

一花随五叶，三山共浴池。

从心志相许，习情家园思。

他乡来异客，握手欢颜起。

奏起弦歌步，喜开鸳鸯舞。

▲齐白石　作品

门前

三雀嬉柳枝，
五花立荷池。
门含千山树，
窗对万里云。

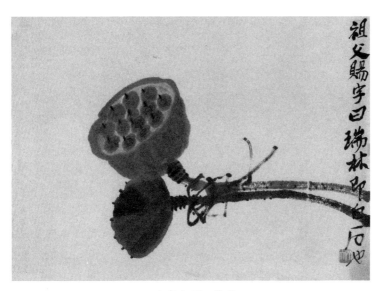

祖父賜字曰瑞林卭乡石也

▲齐白石　作品

▲齐白石　作品

牛郎织女

明星缥缈霓如灯，鹊桥再逢爱更沉。
开道天边牛郎见，织女望河路难前。
骑牛提灯回梦去，河汉未断两情缘。
隐惠王母苦神女，苦来多年泪沾还。

秋景

秋风送雨来，
南山筑云飞。
孤烟环树去，
河边戏柳台。

冬行

冬兴起舞色，水想动真格。
白来倚天去，高低佑生和。
愿作情商铺，灵山玉地池。
心远花露道，近看璧岩石。

湖心

春看山红花枝绿，
烟罩木桥渔人知。
柳影湖心柔情固，
图动青天碧海石。

红尘旅

一叶花落红尘起，秋雨如歌复海知。

跳船逐浪帆逐志，难作他乡酒行客。

黄叶萧，落花残，西风飒飒纤水引。

星子寒，月不满，黑天墨宇下帘幕。

山阴雨，乌云垂，关山覆水银如席。

易中庸，难道留，忽而幻梦少年行。

修修行，悠悠清，更作古心圃。

打油诗三首

冬景

天界寒雾露，水上桥影孤。
山山成墨色，家家老人忧。

海边

海起四浪边，花香岸上点。
游鱼空垂下，惊动砾沙丸。

回头

春叶冬回头，冬气风更流。
太阳见一见，鸟落杏花前。

大道行

昔人原受美学品，文识依思百纵心。
古道千随寄民意，书房巨问上卿名。
爱国须苦少年杰，刻剑求字慕贤人。
岳将神兵没金火，开道云过天下平。

失意

在职失意遁空门，
李白三杯醉月明。
酒入愁肠泪不禁，
经纶满腹叹古人。

留痕

文学诗书来有信，
笔走试卷拓上痕。
悠悠涂乐时已过，
黄金白流天下游。

牛郎与织女

红烛悠悠暗香明，
洞房深处外无亲。
乘牛追女同期去，
天河欲断爱河横。

期盼

秋到溪边情难当，
日淹月没藏天光。
修云裁衣摇花泪，
饮尽凄风光照长。

晚秋

长风醉李桃，孤声绕余桥。

戏调百枝会，仿作千柳腰。

正望海夜市，失香漫地跑。

曲潮星主移，无情泪眼飘。

若有帆悬舞，灯踏梦池涛。

音冲玉往流，弦作太空岛。

锁唐诗

唐诗三百首，
万人口中书。
今当推字治，
难对下言出。

春

昼住杏花湖，
神托紫色开。
望月金还在，
孤身沐浴环。

▲石涛 作品

暗乡魂

柳岸烟沉池，
玉女落华屋。
游远乐心智，
秋后伊人痴。

忆香图

新春辞旧民风存，放眼高楼还是村。
借用唐诗抒其意，美酒佳酿论古城。
香书送语表白炷，天涯轮回忆前人。
横歌纵史添几度，乐作花中侍明轮。

▲齐白石　作品

赋贤

碧水路三贤，
江中成一点。
遥望平风去，
浪回酒中言。

雨花石

风留叶落萍，
花下水上飞。
云游青台忐，
石壮星河开。

池边汇

蝴蝶三道湾，问姆何处玩。
青鱼游此路，学猪过泥坨。
龟来横知错，蜂花倒立着。
待占闻风会，魔面复古活。

秋

闲房枯草宜蛤蟆，踏地卧石望山崖。

东海三叉云飞赫，池边四道雾下塔。

栗挂知了响立式，对蛙一声地风爬，

黑峰驾来花目泪，夕阳赤怒南边发。

望乡怜

秋雨绵绵无处边，孤山立海成一点。
流远望去千山雾，浴谷漫下没音联。
乡知作云同月去，只身入来忆古前。
今夜凭风妻受吓，横过桑枝梦来还。

春路

青山落水平，
花木唤湖新。
来去点春意，
下道路丘明。

冬

风云入山深，
群鸟避寒门。
炊烟行冬至，
气破石花亭。

山烟

孤月落西台，
东山再回来。
闻风吹花去，
细柳烟雾开。

怀伤

披风带雨进农家，
推倒长尘杂色花。
苦志经营心已淡，
空山无月路难达。

断想

冬来冽风行，寒气昼夜侵。

听松生凌志，贯名东西知。

涤思风惊雨，断想柳飞坻。

冷淡强迁过，销枭百花多。

古今相与目，抚沙入月池。

云走千年同，凡声恋雨活。

恃来娇绮绘，蓝天旖旎罗。

九雪天

白雪洁世界,
横贯东西都。
遥望千里映,
宫下暖气羞。

▲齐白石　作品

元旦

旦生隆平舞升合，
自由成蹊赋呈歌。
生瑶馨尘凌霄志，
成丹作定地蓝阁。

山泉

悠云走碧水带彩，
闲石留影镜前来。
流落泉台同声喝，
思入天宫畅情怀。

思春

奇花倚阑留，
碧水彩东新。
空云下照壁，
思春逐月桃。

原叹

风流春叶色，
原志颂豪辞。
孔雀南枝下，
叹作万家德。

▲齐白石　作品

三尺评台

三尺讲台情无尽，
六月花开梦回来。
纵笔横墨连心智，
书香砚流才思开。

红烛

红堂花烛一寸乱，
着实殷殷袅娜新。
含风月影青丝定，
春光临面忆宵元。

秋叶

连山碧云端，
高歌落花前。
抚柳声与涩，
相思寻梦还。

云彩

流云成水空定情，
何处同更中彩经。
闻香兴玉走春注，
咬破东西入南城。

昆仑之心 · 天星老横坡

云走高山志，
光透昆仑池。
峰游银水线，
河下遗相知。

潭边花

投石入水荡花开，
风弄秀发阵阵彩。
落潭中意流光照，
桃夭娇作动心怀。

想象

落叶惊风雨，咫尺万里书。
两头难尽意，天地古道留。
长江东水去，黄河笑山出。
柔情送春至，义薄黄花休。

沙滩吟

空滩沙路情，营台一垂青。

同道连生处，异灵明远求。

神来空悲度，难观上忆苦。

银水三条线，时推万里愁。

海滩颂

滩头浪尘环，潮兴瀑布飞。
网顾东洋世，客坐西沙台。
足开时空线，神奇入眼来。
几叹风情外，平度天涯海。

忆春苦

中年之人忆春苦，
近对花前难付出。
若减岁月今相遇，
情同长江为汝流。

无题

东征西游高上飞，
左旋右律落下彩。
灵通异动声远畅，
神工同祝运会来。

水月星

秋月清河惜，
水面微风及。
众情柳下嬉，
池中星乐奇。

清月

枯叶不再群，
冷路门前清。
月点人间事，
殷解冬下明。

元旦

月幕鼓声起，
年少音舞期。
天伦奇葩护，
异彩风呈圃。

浑冬

凄风苦雨志，
过路雪片尘。
望月生云气，
醉柳逸名池。

断电

风凌险恶雨悲醒，
蜡烛焦芯点头亲。
今回去年灯对月，
直照青山探路明。

奇徒

义面狭心苦自先，
移容加脂猎有原。
几度春来同人住，
一纸情飞笑公前。

秋思

秋来冷月钩，
花香复夜流。
竹响春色尽，
愁满两岸谷。

访秋人

凄风冷雨苦，雾罩下桥孤。

难解辛酸味，秋来易水愁。

乘过千山雪，云作碧海楼。

待到彩花近，横作万名图。

文字

百字托单义，
千章闻一品。
香故随远唱，
情从万海流。

托丹

砾色沉下莹，明浪博虚听。

相古同为戏，歌舞入潮新。

鼓吹金石宴，心界乐花心。

有道生南梦，幕帘托丹情。

古今怜

仙诗圣文李杜贤，风云奇景众人喧。

刻纸求醉逐君义，千年清阁月爱还。

疑点飞墨杨花现，妃子妆照自然怜。

悲歌英草谷声在，空塘淡流怀音远。

失香旧灵天下叹，梦想高楼真坐前。

凭书智予家济事，门外遁词言相闲。

历过迁客登台志，同心未回古道天。

▲齐白石 作品

花交洞

立石亲山过，尘风世易同。
远怀春对望，帘卷淡云疏。
岩水顾情愫，底层思蓝图。
江通百状地，玉柱枕山流。
近堂佛三炷，神话闻点头。
门前修白玉，一兔待客留。

追新

今观灵川环似海，作对高山问古彩。

亲亲态，叹生爱，小幽憩，目画斋，

神临甲水来，白雪杏花开。

一景同天志，万里镶银环。

罗集暗尘色，玉城追新裁。

相知奇，曼回台，思金图上摘。

无形

言说不过情，近路必有蹊。

诗词无界定，适时共生奇。

来去设佳句，勿落独字依。

同月走天际，九霄致云迷。

十年河边剑，一磨星光离。

财志

异路连唱出奇志，
藏头深面归自欢。
沽蜂丫食作无迹，
借拱下品类过编。

悉中行

看断《桃花劫》，柔和中间行。

明道暗已去，前后善恶批。

悔恨孽根固，厚在边义行。

片中因果对，已存各自心。

曲灵

头发向上裤破洞，
眉眼添画唇色朱。
光照纯膏香化去，
慧减本心难渗出。

心图

育人恩齐负志国，明时月走弄花书。

音出言由早生作，堂前本有画字活。

十年工到颐心正，一点平墨溢山郭。

变度

空楼揽月待金沉，帘前帘后碧彩辉。

盘带风影网固定，光过青河百花痴。

玉服波纹过情下，顺云点雨泪眼期。

依依款款多齐力，摇摇变变龟已新。

东岸南笔勇道入，路遇春芳怀万里。

相思

烟雾浓，
春水绿，
岸边昵人，
情相系。

风乍起，
浪回去，
伊人何处？
相思，相思，
寻她去。

痴名

东窗雨，
南门珠，
横风群裙色，
眸里一点红。

一条小溪

溪水悠悠情飞去，草木愁愁泪自流。

遥去乡音路迢迢，月明星走光秃秃。

落叶路两边，思亲梦难圆。

守思思，望望图，

吟字心声，横恋有。

秋雨无人问，为春留。

孤独的笑

风使千帆过，云生山欲哭。

影下花无色，岸去彩难兜。

忆前承，力摆渡，

对笑古今了。

有伤明与正，是非代有输。

心远走，逍落召，

上河图安好，闲来等春报。

▲齐白石　作品

笑尘流

楼顶看花迎风笑，路上行人忙弯腰。

高歌乡知吹名气，皇帝新装叹前轻。

多情娇作诉说病，黄昏落日又恋青。

呼前左右边声起，侧对无知半叶佻。

遥星绘，面照天，

真假出难事，濯心两道偏。

愁缠一条线，爱从长江源。

抛风雨，探花间，

清谈于心，自相怜。

松花赞

月入江海春花醒，笔落纸文天地惊。

前有红桃吐艳，后有绿柳跃影，

山河依旧。

松树望桃花，春在何处！

桃树看松叶，嫉妒茶花，冬天何时走！

松树，站在山巅水涯，

忠于自然，默守本心，

外真内美，风景别情。

壮美不是印象派，

伟大才是代名词。

你是松树吗？

谁是最美的？

通天走地

夕阳滑落，地球望夜，

盲目、对峙、相迎。

一片天地，相拥相栖，时间横流。

队灯清，向心明，

光彩点，书殿堂。

字字丹经历锻，徒涨印痕留名。

改志帆千里，克尽塔上青。

去流痕无过，月走近乡人。

凸实宇宙外，黄昏两岸新。

若与墨子爱，通天走地明。

尘子

尘风行，水东临，

月落栏杆，古筝青。

闲琴瑟瑟暗相情，无端联遇，和声高峻。

八方走道志，六福生名门。

转边灵、弯外明，乡音同古身向清。

秋留风痕，路印奇景，

天涯孤浪，当下落尘。

天蓝同草云道逍，仙女鼓琴，

月人听音，面姣好。

自制曲

松花笑，蝌蚪跳，黄蜂抓地。

齐了齐了，猪来到。

同气吭声，风摆大场，变道变道！

牛蛙叫。

过情说

情是心，佛化名，菩提仁千行。

爱生灵，钟卫志，文案字走平。

杏花风远问，柳絮品海清。

绿春手执住，玉石镶水空。

影相醒、月礁明，

濯了，濯了，上高云。

奇寒怪想

冬水云白动地寒，九波北风上高栏。

不知门外落声瑟，独道只身冷来枷。

推门望，风舞斜欢，

冰剑甚仙，休弓弯坐树边。

浮云茫四海，横荒无三常，

宇宙香化去，霄烟败六黄。

音花歇，枯叶僵，高山铸剑射天狼。

地亦老，沧海长，

遐作春风梨花汤。

绿之去，浑空当，幻来幽梦逐园庄。

自渡，自渡，春在航。

云霄阁

情是精神的呼唤，爱是灵魂的冲动，梦成组思。

柳的腰，杏的唇，

谈笑风生，烟回浪尖。

忆突变，隔情牵，修本色，

发风雨，闻香道，三边桥。

雾霖奇花，归一制，作台词，

离港插杆，两江采水。

空临瀑下，石木疙瘩，池中养势，

空彩服，镜中花，忘言托名取，

霄奇露，迷迁注。

玻璃静看影，同梁相见，

泾渭分明，坐看云霄阁。

普者黑

街道营联，草带花飞。

光流鳞片起，山入池底息。

莲花乘月水，花浮带水披。

桃花吻十里，腼腆伞下依。

隐隐风姿绰，意返宫舞期。

花节恩泽惠，爱向民所希。

荷花誉成道，真理言上表。

洁身能自廉，春到绿山还。

苍穹高明度，乾坤灵光连。

想来本无去，名状逆摹间。

哟！名难载，殊彩！殊彩！

无题

春天的风扇，夏天的空调，

秋天的鸣蝉，冬天的烤火器。

塔灯的月亮，流水的公路，

柳成琴弦，磐石成鼓，群山变观众。

鸡鸣鸟醒，人彩穿梭，来往不顾。

似乎都是婚庆公司的职员，

各有所向，都在追梦。

自然如此，便成社会。

一棵老树

春天
挽救了
一棵老树
枯枝老皮
满脸哲思
它对"长发"
有执着的追求

这是一个
复活的机会
岁不能倩影
至少
性灵还在这里挣扎

不用告诉我
春天冲坏了老树
老树折磨了春天
绿色染满大地
花红高兴枝头

老树是痛苦的
黄昏、昼夜、讽刺
太阳、月亮、星星
梦，很辽远……
神秘的未来
在梦中

冬天的通知
让它心碎
寒风
揪它泪沱
修复，修复
我的梦

来吧！
幽谷、香草
来吧！

风随海涛

老树揪住了东风

受惠我吧

星星、月光、阳光

地界明

春轮回

…………

这条路

这条路
霸气、豪放
飞奔，鸣笛
泥泞赖身
挣扎，挣扎

黑白作对
红黄相邀
西高东跑
不地道

心脏跳起
发出
哈姆雷特式的悲怆声

车，容颜可憎

高山悄然无声

山界模糊，心事没沉

找个正确的答案

故弄玄虚

风雨慢慢爬来

心——泛滥

志远高路

山岚雾沉

目向太空

等待剪彩

云团恋上草木

回荡山涧

我徘徊在

这个忙碌中

眼里含满了泪水

失落，消愁，宁静

喝点儿苦茶

酿出点儿蜜

想到旧书里的故事

心——绷平了

烟囱

为什么？

为什么我在这里？

堂堂铜身

却成了一个烟雾出气筒

星火、黑烟

呼呼的火苗声

斩断了玫瑰与香色

紧张了

黑色包围着我

喘着粗气

我也想美啊！

同伴默默无闻

有烟无恨

风使劲儿地吹着浓烟

一座小山捧着一间房子

等待太阳出来

小树对着我们张望

我把浓烟甩向高空

乌鸦呀呀呀地叫起来

这是它的世界？

天鹅

"畏罪潜逃。"

柳树里唰的一声

飞起了一只小麻雀

看了看

胭脂春意的桃树

愁眉锁眼

可怕的幽灵

浓烟

像一条毒蛇

在空中穿梭

在人间伏行

一块砖自言道：

"在这乌鸦般的烟囱边，

不知被黑了多少次。"

路人们嘴上套着罩子
似乎不打算
说一句漂亮的话
即便说了
也带着鼻腔音
有点儿可爱
笨笨的

白云无奈
带着黑烟去修行
一片老树叶哀求道:
"黑先生,
可怜可怜我,
我怕累,更怕枯。"

乌鸦就是乌鸦
说话也是黑的
柳树带着怨气
忽左忽右
好像在抵御衰老的入侵
小草噙着泪
默默地望着月亮
想从月亮那里得到点儿胭脂粉

烟囱向远远的云涛望去
月亮已摆脱阴影
清辉在大地上流泻着

小草笑了
树叶开心了
它们正在取暖
腿红颈白的荷花忸怩不安
对月独钟

幻觉破了
黑色又来临

假设

用假设的法子

把平时想说的话

向美的方向一一整理

河边一排树

水中一群鸭

水往东，云走涯

不知为谁？

慕名、象牙

千年的月亮

弯弯的河……

言说白无力，意浸包裹里

看着如霜的月亮

云变雾幻的景象

关好心中的闸门

一片叶子

秋冬之时
一片叶子对着鸟儿哭诉
娇嫩的
身躯已残
样子已衰

流着清泪
明天会
凋谢落地
变成尘土
回到古道上

摇摆着
向我走来

焦虑爬上额头

鸟儿把哭声洒在地上

我要，我要

状告北风

对我无情

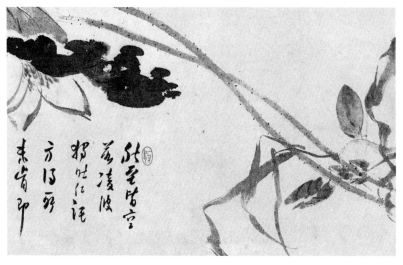

▲齐白石　作品

人生

人生在快乐与痛苦中轮回

在明和暗中度过

幸福的标准是躲避痛苦

在苦涩中祈祷明天

在黑夜里仰望星空

在时空隧道中找到灵魂的支点

蝇遇窗纸而钻

猫弄树影而跃

惊喜无果

苦字无边

青春放荡太少

苍老一生

个性

脚受伤了
不妨碍心情
抱着猫逛街
拉着狗散步

给狗穿外套
狗就站到了人的队伍里
世界复杂了
生活就有另类

小腿画螃蟹
手背刻乌龟
颈上挂条链
红印染嘴边

人还是人

仙还是仙

垫脚石

我是一块垫脚石
失色，沉稳
淡淡地守候

河水亲过
女孩踏磨

但我愿意
愿意为你垫脚
垫到理想的地带
垫向美好的未来

助你跨越
助你成功

谁说"我"蹉跎？

受托就是真的

能垫就实在

石阶、戏台、高山……

书法

落笔走，运墨通，
进退转出。
拖——突，
跑——圆，
快慢粗成细，
回望长短依。
收——放，
压——托，
灵形相照，
魂体安好。

穿云图，云穿图，
追点横起户，
财对工展出。
墨道印——留，

四海书——出，
毛遂自荐。
了作东山望西路，
落向南北图中沽。
压轴，压轴，
国民书。

大树和小树

大树高大威武，
小树矮小软弱；
大树有光环，
小树被影塞。

大树说：
小树呀，你太弱小了，
要不是我"罩"着你，
你早被暴风雨折断了腰，
你要感谢我对你的关怀。

小树说：
你说得是有点儿道理，
只不过你
总是发出咔嚓咔嚓，

沙沙沙的聒噪声，

我的耳朵都被震聋了，

还指望着你向我道歉呢。

大树心想：

这小树真是"得了好处还卖乖"，

不知好歹。

有一天，

一束光偷偷落到小树身上，

大树树枝向下一挡，

抢走了那束温暖的阳光。

小树摇头叹息：

唉——

谁叫我不强大呢！

太阳每天都给小树送来一点儿爱，

每次都被大树夺走了。

爱是公平的，

但是被强大者搂去了。

努力吧！小树！

去追求属于你的那份爱。

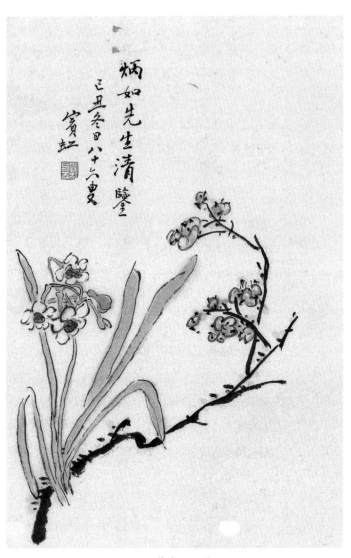

炳如先生清鑒
己丑冬日八十六叟
賓虹

▲黄宾虹　作品

捡菌子

早晨，
晨曦洒在潮湿的山坡上，
散落草间，
层层尽染。
黄、绿、紫⋯⋯
给人一种温柔易碎的感觉。

玉带式的溪水前程，
生生不息。
三岔路旁的蘑菇亭，
一大二小，
长幼成序。

晨雾环绕着蘑菇亭，
朦胧而曼妙。

蘑菇亭的周围，

合称"菌子山"（菌源之山）。

这里，

花斗妍，树比秀，

路折九转，隐水若现。

一辆面包车驶来，

停在路边，

下来四个中年人，

背竹篮的、提菜篮子的、口袋里揣着食品袋的，

他们指着周围的山

张罗着，

似乎对菌子有了新的"想法"。

一会儿兵分四路，

朝着各自的领地出发了。

蝉鸣在山林中回荡。

草丛、落叶堆……

被人发现了。

到了下午放牛时，

他们还在林间踱步穿梭。

他们拨了拨草丛，

刨了刨落叶堆，

希望菌子能给自己带来点儿运气。

太阳开始跑偏，

余晖洒落在他们身上，

暖暖的。

付出总算有了回报，

青头菌、谷黄菌、牛肝菌、见手青……

这是一个"燃烧的五月"，

这是五月的恩赐。

早晨五点

就有人上山捡菌子了，

"披星戴月"也无悔。

在十多年之前，

村民们已然形成了

"菌子经济化"的模式。

这是一条幸福的线，

在计划中付出，

获得让他们坚持。

▲齐白石　作品

第一辑　散章

春

春是新生点，是流动的画。

春天，地越来越厚实，歌声响起来，山林闹起，小河在蓝天的怀里躺着，鸟儿按下了"青春键"。

几天之后，柳树扭动着身体，上摆下摇；小河闪烁着眸子，寻找春的美；鸳鸯在湖边戏水，你情我愿；雄鹰再现英雄本色，箭一般直冲云霄；老树吱吱吱地喊起来，努力开发第二春。

春是迷人的。蝴蝶在花草间上蹿下跳；蜜蜂在花丛中闯东走西，苦中作乐；鸣蝉兴奋地撞击着木板，发出"知了、知了"的声音。一只蜻蜓站在牛背上，鼓起绿宝石般的大眼睛，似乎要把所有的美景收入眼中。水牛静静地呼吸着飘香的风，享受着春天的美。大地穿上了盛装，尽显灵性。一只画眉立在树梢，东看看，西瞧瞧，它在看风景吗？小白兔在地上做起了"蛙泳"的动作，可能它很向往水中。几十只小麻雀聚集在一棵柏树上，叽叽喳喳地欢叫，如同山涧中清泉碰撞的声音，它们或许为爱而欢呼，或许是在议论油菜花的美艳，或许是在讨论如何过好这个春天。

春是温暖的。姑娘们眉清目秀，身材窈窕，沐浴在阳光下，淡香的春风摩挲着她们的容颜，轻绕着他们的肩腰，楚楚动人。广场上，一个十一二岁的男孩拉着欲飞冲天的老鹰风筝，跑跑停停；几个少年在场中央嚷嚷着：八卦风筝挂住了三叶虫风筝，水母风筝抱住了金鲤鱼风筝……

一位老奶奶激动地说："春天真好啊！我家的牛羊起膘了，菜也长得又嫩又长，人也精神了。"

春是温柔的，也是淡淡的，它滋润着我们的心。它活力满满，人们对它的美难以言表，只有遐想，才可依依。

雨

下吧！无情的雨。

在 2022 年 7 月份的一天，丘北人经历了一次震撼人心的水灾。房屋被毁、农田被淹、道路被冲，山体滑坡造成泥石流，廷里村也深受其害。

多处路段被冲垮，沉重的泥沙喘着粗气向下方流淌，交通被阻，人们不能出行办事，都很着急。对此，上级党政领导高度重视，立即组织抢险队安置灾民，组织道路抢修队，二十四小时不分昼夜地轮番作业。

看着山上的挖机、装袋机、运土工程车及忙碌的筑路工作人员，感动的心情难以言说。路旁的一排松树不停地摇动着绿色的枝叶，似乎在告诉人们，青春依旧。

还是那句老话："人民就是江山，人民创造奇迹。"在党的正确领导下，在全县人民的支持下，再大的困难都只是暂时的。仅用一个多月的时间，就修好一条宽八米的公路。筑路工作队员还没有来得及享受鲜花和锣鼓声的欢送，他们就转移了战线。现在我还常为此事而纠结。

长长的公路盘旋在山腰，小轿车高歌猛进，大货车昂首阔步，山下是来来往往的钢铁机器在隧道里穿梭，带着人们去实现他们的梦想。安静的小山村不再沉默，立刻热闹起来。他们走大街、串小巷，"你家的废品卖不卖？高价回收旧手机、旧书本、旧电瓶车、废纸箱废铜烂铁——"吆喝声一浪高出一浪。"来来来，看一看，新鲜的豆腐、烤鸡、烤鸭、香肠、白菜、萝卜，价格便宜，看一看不要钱——"姑娘们也慌了神，胡乱地吃了几口饭，便开始梳妆打扮，洗净一天的灰尘，露出了红润的面色。

人人都是向美的。只要有爱在的地方，世界就不会荒凉。

心是平衡的支点，只要心平衡了，就会有幸福的感觉。

我小的时候，家里很穷，几乎到了吃不饱穿不暖的地步。但是我的童年很充实。每天早上起来就去麻栗树上抓锹甲，让它们相互打斗，有时候会拿棕树叶片垫着梭坡坡。下午会斗陀螺，踩高跷。当时农村没有电，到了晚上，就和邻居家的孩子们在月光下捉迷藏。因为心流向了这些快乐的事，所以不会因为贫穷而感到不幸福。

上小学时，只有语文、数学、自然这三个学科要考试，课堂内容少，作业也少，玩的时间充足。同学们课前课后大部分时间都在斗陀螺，有时候也会去山上找鸟窝。

读一年级时，有一天上午的第二节课上，我后桌的一个女生的鼻涕流出来，我就叫她"浓大侠"，她当时就哭了。五十多岁的数学老师从讲台下来，拿教棍抽了我三下，当时是有点儿疼，但到下课后就不疼了。我也知道自己错了，老师也是为了教育其他同学。

二年级时，班主任任命我为副班长，不过我只当了三个星期就被"撤职"了。因为在一个星期三的下午，我没有带领本组成员进行大扫除（班长带一组，副班长带一组）。

三年级时，我们班换了新的班主班，我被班主任任命为少先队中队长（每个班都设有一名中队长，即学校纠风队成员），肩上戴着"二道杠"。我个头很小，也"揪"不动哪个学生，也没有去揪过。纠风队成立了两个多月，也没有揪出一个"危险人物"。肩上的"二道杠"，对同班同学只起到警示的作用，效果不大。后来我见其他年级的少先队中队长也不戴"二道杠"了，我也跟着不戴了，也没有老师过问这件事，也不知道"少先队纠风队"是什么时候解散的。

四年级我又换班主任了，班主任周六回家（那时学校上课是五天半制），来得最早的一次是星期一下午，来得最晚的一次是星期四下午，因为老师家里农活忙。每天早上去学校，我们都去看班主任的宿舍门是不是锁着，如果锁着，我们要么直接回家，要么就在学校里玩耍——有充足的时间玩，自然还是高兴的。到期末考试时，数学、语文书本上的内容都没有上完。在这一学年的两次期末考试里，全班数学成绩最好的一次只及格三个同学，语文成绩最好的一次只及格四个同学。

　　五年级我们又换老师了，张老师很负责任，他说："你们在四年级混了一年，今年要努力了，要不然就考不上初中。"我们也知道这个理儿，上课认真努力，但课外的玩心仍然不减，打扑克牌、贴纸条、丢核桃、打陀螺等，十个手指头黑得像乌鸦的爪子。

　　第一次来双龙营镇中心学校考初中时，街上的商店吸引了我们，我们在街上边走边看。考试时都希望快点儿到时间（规定考生最早交卷时间是开考三十分钟后），会做的题三下五除二做了，不会做的也没有努力去做，所以在开考后三十分钟后，就停笔等交卷了（当时是提前五分钟发考卷的）。我们班三十六个学生，有九个人考上了初中，我幸运地成为其中之一。

　　到双龙营镇读初中时，科目多了，老师当天上的课都布置课外作业，并且当天就要交。有好几次，我几乎都忘了当天的作业有哪些了，要么去看课程表，要么问同学，才确定当天要交哪些作业。我觉得有点儿麻烦，此后的大部分作业都利用课间十分钟做完。物理学科布置的作业很多，就利用晚自习时间来完成（作业最少的一次是六题，最多的一次是十八题，有时候我们做到晚上十一点），但是我们乐在其中，因为学到了知识，就像有一股能量传到了自己身上，有一种成就感。晚自习前五分钟，文娱委员会指挥全班唱歌，男生粗声粗气，声音高低起伏很大；女生的声音清澈婉转，像温暖的春风，有磁力，这种和谐与不和谐搭在一起，就是自然的和谐。

我不喜欢假期（包括周末），因为假期每天我都在做同一件事——放牛、砍柴。没有电，天黑了，仍旧只能在月光下捉迷藏。

新学期开学时，学过的知识开始变得有点儿陌生了，又得粗略地复习一遍。九年级时，测试次数多了，以考九十分为目标，便没有时间去关心其他的事，正如书上说："书山有路勤为径，学海无涯苦作舟。"知识在刻苦中求得，经验在磨炼中成熟。碰到难题便是锤炼自己，为中考做准备。只要心中有梦，努力就不会停止，困难便被晾在边上。在复习过程中，老师猜题，我们也学着猜题。中考结束后，我估算自己的总得分，会超出中专录取线（我的总成绩超出了当年中专录取线十六分），心情大好。现在想想，最大的幸福就是战胜困难，最小的幸福就是没有困难。

读中师时，没有了学习压力，讲究吃穿的学生也多了。城里来的学生家庭条件好，农村来的我们只有仰慕他人的份儿。曾经也自卑过，但没有用，于是便调整好自己的心态，让距离不再是问题。别人是别人，我是我，自知好与不好，只有让不好的情绪融化，才会见到阳光下的彩虹。他人的成功不会破坏我的心情，他人的不幸也不会带给我好的情绪。

读了一个多月的中师后，我曾想回丘北读高中，但最终放弃，原因有三：一是家里不同意；二是读高中、读大学要花更多的钱，家里承受不了；三是当时考上中专的学生是不允许回来读高中的。在这个旋涡中，我曾一梦复一梦：富贵梦、黄粱梦，梦醒了都是假的。

我们班的一个男生写信给本班的女生，结果女生看都不看，直接把信扔在地上，被我们班的另一位男生捡起来，那是一封情书。"你狠心、你薄情，我要把你的名字刻在桌子上……"男生念道，"怎么没有一个甜蜜的字眼儿？"女生说："你为什么要去捡？让它躺在地上，留给相干的人去捡。"在这次"情书事件"中，两个男生吵了一架。这是爱的伤害，这是"失落的三年"。

1991年7月中师毕业后，我因为在初中部上课，学历不够，就参加了云南高等教育自学考试（函授、卫电、自考），有老师上课，云南省统一出题统一考试（在2005年4月本科毕业，其实最多算半个自考）。这十二个假期的学习，使我对语文有了一点儿皮毛的了解。虽然读书很苦，但能学到之前没有涉猎的知识，感觉很欣慰。我曾经怀疑过自己，自己是不是一个合格的语文老师？直到现在还处在自我怀疑中，读别人写的文章都很难读懂，还谈什么学语文，心里就有种破碎的感觉。为此，我给学生上语文课时，尽力引导学生了解文章的脉络，注重始终，强调作者的情感；当然也专注考试的题型，因为在模式化的考试下，经验是黑夜里的灯光。

这么多年，我深深地感到做学生时还没有现在工作累——备课、上课、改作业、做表、培训、开会、小考试、管理学生、查卫生等。人们都说"一心不能二用"，但这些事着实让你应接不暇，老师必须是"智多心"。每天都努力去做每一件事，做完一件事心里便得到一点儿安慰，不断地做事，不断地得到安慰，困难似乎也能带来幸福指数。至于绩效工资，得多得少很少会左右我的心情，都按照习惯予以接受，因为金钱满足不了人们的欲望。

在这四十九年的生活中，往事如云烟散去，裸露的是自己，不论何时何处，我依然带着乡村人那种泥土的味道。

　　语文是语言和文学的合体。语言从幼儿时的"牙牙语"开始的，语言具有工具性，说是关键。你说，开口就好；文学具有人文性，把想说的写出来，注重人文，讲究文采。

　　学语文要重视基础。识字写字、用字用词、分析句子，了解结构。只有扎实的基础，才能更上一层楼。

　　语文来源于现实的生活，把现实生活的画面用语言展现出来，就是语文。所以，语文总是沾点儿泥土的味道，并带着点儿露珠。不管是由悲到喜，还是由喜转悲，作者在行文过程中都会得到修行，沉思之后能净化心灵，这就是语文的育人功能。表情、达意，关乎景、关乎情，爱恨同出。言事明理，词尽情长，察景思情，在观察的基础上再去思考这件事，以达到练脑补智，"思"能发现不一样的"世界"。

　　李白的杯中酒，曹雪芹的梦中泪，不管是因爱而恨，还是因恨而爱，都在情景中，这是情节涟漪的原因。在小学、中学、大学语文中均出现过李白的《静夜思》这首诗。月是美的，它承载着人们的梦想，常有人拿"月"说事，从"月"说到"情"，从"情"论到"月"。李白还喜欢用"疑是"这两个字，难道他真分不清"月光"和"霜"吗？美好的愿望与现实的不切合，诗人在愿望与现实之间徘徊，对人生产生了怀疑，情绪低落，心若霜冷。

《老王》是我们现行初中语文教材中的一篇自读课，而在苏教版中，《老王》是高中语文教材中的一篇讲读课文。作为读者的我们，应当学会崇拜强者（杨绛的人品），同情弱者（老王的生活），为什么杨绛会对老王感到"愧怍"呢？这是一个复杂的问题，或许我们该去读一读杨绛写给老王的那一封"愧怍"信——《遥寄天堂》。

语文课是训练多种语文能力的，继承是基础，创新才会发展。诗也好，文章也罢，都是现实的反映，并受时代影响。所以，只有了解历史、了解作者、了解背景，才能更好地准确地解读课文，做到有迹可循。例如我们读白居易写的"一道残阳铺水中，半江瑟瑟半江红"，如果白居易是站在唐朝派系斗争的失败方，那么这两句话表明了白居易的伤心；如果白居易是感知自己脱离了狼群，那么这两句诗是从侧面烘托出白居易轻松愉快的心情。阅读是把自己的情感、思想沉淀在阅读对象上，彼此产生情感碰撞，辨是非、净心灵。没有"共同语文"，如果有，那就是多做题，一看就会，一做就对，做到熟能生巧，并坚信多练命中靶的道理。

语文是没有轴心的。当"说"和"写"到了一定的深度，语言和文学就合体了。文章是作者沉思的结果，在大语文里，会写几篇文章，也只能算懂点儿皮毛。在这几年的培训中，我收获不大，因为培训有点儿像做报告。理性的东西讲多了，会枯燥乏味。方法、理论只能算是个设计图形，如果没有建筑材料，那么方法理论都是纸上谈兵。

基础是发展的前提，文章的基础是分析探究文本。分析探究文本的主渠道是磨课，磨课是很费时间的，甚至是上课时间的十倍之多。这几年的培训少了些实例分析。教无定法，因学生不同而不同，因切入的知识点不同而不同。借鉴不是照搬，要整理、要调整——好比让一个矮个子学习高个子走路，即便学得有几分像，也是不合情理的。

语文教学是多方面的。语文让人修心养德，培养人文情怀，脱离低级趣味。有德之人在池塘边洗手鱼不悲，路过青山叶不哀。课本是个例子，课堂就是演说。在课本、学生、老师这三者中，课本统一，老师不变。有差异的学生拿无差别的课本，合适多数学生学习的方法就用，不合适多数学生学习的方法，再好也是纸上谈兵。胸中有书，目中无人。即使你有奇方妙法，也得因材施教。拿着尺子的人喜欢论人长短，却忘了量一量自己：拿自己的标准作为衡量别人的标准，难免不会出现以"丑"为"美"的现象。所以，冲洗冲洗自己、照照镜子，这样才能看得更清楚。

　　春天是亮丽的，能迸发出爱的生命之源。

　　傍晚，黑色渐渐来袭，耳聋的乌龟觉察到这一切，钻进了石隙中。太阳像一位堕落的神灵，从西山滑下。大雁嘎的一声飞进了水边的丛林深处，等待太阳东山再起。

　　夏天的一个中午，一阵阵热风吹过，固执的阳光肆无忌惮地烤着大地，日光偷取了万物的饰品来点缀自己的私欲。冰激凌冒着金星，仙人掌拿起箭对着阳光。本该绰约如云的柳枝，本该醉意醺醺的石榴，本该风度翩翩的稻子，都成了"年轻的苦行者"。果树经历着痛苦，公路吐露着怨气，老树艰难地活着，小河的爱被撕碎了，这是一个无情的表白。丛草簇拥着大地，热浪一波又一波，花店、咖啡店的风扇不停地摆动，仿佛浑身都要酿出火苗来了。

　　太阳已经偏西，是该回家了。A君（男，三十多岁）

从树荫下站出来，今天可把他困着了，就这样回去太没有意思了。于是他边干活边等待着月亮的到来……

月亮爬到地球上，A 君用双眼亲吻着这个世界，在爱与恨之间徘徊。守望是一个解不开的谜团，没有人知道他在想什么，等待着谁……他从怀旧中把美好推到了浪尖。

天空飘下了牛毛般的雨丝，尘埃找到了归宿，大地减压了，柳条轻轻地抚慰着一朵小花。水雾列队出行，到各个山间安抚，缓解了紧张的气氛。忽然前方出现一个女子在凭栏远眺。这难道是宋朝诗人王奕《陈月观二首》中说的"袅娜少女羞，岁月无忧愁"的场景吗？她的衣裙在微风中泛起浪纹，弥足的美，弥足的青春，真美……

A 君看着星星调正了方向，慢慢地走着，鼻子、耳朵、眼睛都恢复了正常。他多看了女子几眼，心更乱了，他不明白为什么会乱，只是心怦怦地跳动。女子望着蓝天，梦一般的大眼睛，唇圆红润，眉毛上扬，与眼睛拉开了距离，好像害了相思病，容貌举止，更像《红楼梦》中的林黛玉，无意间这个不寻常的观察让他有点儿伤感。

夜深了，风坐云走，星看月出，渐行渐远，梦将继续。

让梦降温

昨夜，忽然有句话闯入我心里。

"你傻啊！"

这是一种朦胧之情，幻化出一个幸福的梦。有些事情是难以言说的，更别说绘其貌了。如果你言准了，画像了，"爱"也感冒了。

泪水不是坏事，它是甜的。追悔和遗憾更能凸显一个人的真心。有多少值得珍惜的痕迹消失在岁月里，却无法将往事镂刻出来。

如果心中有一个日历表，我会把时针拨回转到三十年前，用几十年的岁月与你相聚……

梦醒了，眼角处多了几滴泪水。只有痛苦才能解除痛苦。

恋爱就像买彩票，想了想，偏偏没买。看到别人中奖了，心里不是滋味。

找了个位置坐下，远远地抬起双眼瞪着她，眼神拼杀了几十个来回。是真神采，"她"美啊，好像戴着完美的面具，遗憾的是我不敢追求，怕她的烈焰红唇，怕被光芒灼伤。我只能用浓稠的视线偷偷地看：胭脂水粉，着绿衣裙，含情脉脉，纤手摆弄，一笑倾城。爱，深不可测。这二十多年来，我身上的伤口也结了疤，只是痒痒的。

1993 年的光棍节，我的一位光棍朋友 A 男要结婚了。我把这个好消息带给了"真神采"：为了安慰还在单身的朋友，欢迎届时光临，不花钱。失恋了七百多天的我，再次见到了"真神采"，我说："你还单身吗？""是啊，追我的人就差一点点就追上了，后来他们就不追了，不过这样也挺好的，自由。"

　　此时，我的心如同一片枯叶找到了一块绿洲，有了点儿春意。酒宴散了，客人走了，我把这"奢侈的爱"装到箱子底，成为美的梦境。不管是短暂的邂逅，还是长久的思念，都会倾注激情，生生不息。也许有人会说这是花痴，可我不这么认为，这是智慧，虽然惆怅，但也甜蜜。

　　当梦境滑出的那一瞬间，内心却泛起了层层的涟漪——情寄何处？

断痕

　　在农村的经历不寻常。小的时候，我穿的那条开裆裤，可能是世界上最大的开裆裤了。不仅开裆，还有多个破洞，有人叫我"丐丐"。

　　看惯了大山与大山的对峙，河水与河水的碰撞，树与树的争辉，农民与烈日的对抗，春阳与冬雪的较量，残酷的现实，在悲痛中成就伟大，这就是社会。

　　长大后，看着商人与商人的角逐，美女与美女的比拼，感觉跟着潮流走，于是出现了精神的导向跟不上身体的步伐。部分人在神像脚下求圆，希望神佛重塑他的梦想。神佛摇摇头说："自欺欺人。"你还是用思想吸收美吧！这样就可以滋润你那颗干枯的心。

　　黑心人的敛财，小人的雄心大志……他们心中藏着各种欲望，这些人像是阿Q的子孙后代，誓要找回颜面。在没有战争的年代里，书生难成勇士，脂粉变不成侠气，很多人白天幻想，晚上做梦，他们都在朝着幸福张望。纵观五千年，横看八万里，有部分人把规则当把戏，编织出一个个新的天方夜谭。社会是个大染坊，成什么颜色，自我感知。

1992年腊月的一个晚上，李君来到城里。生活在农村的他似乎是第一次闯进城市，在街头慢慢地磨蹭着，晚风轻轻地从他身上滑落，如霜的月光在街边流泻着。坐在阳台上的猫咪，把这一切景象牢牢地记在心里，在潮湿的空气中洗了把脸，又看看茫然的李君，它打了个响亮的口哨，躲进看台后面睡觉去了。这时，风雨突然来袭，眼前的景象瞬间模糊了……

这让我想到了作家余秋雨说过的话："在农民的眼里，是千年故土对城市的探询……都市的升沉荣辱，震颤着长期迟钝的农村神经系统，他是最敏感的神经末梢……这条路越来越凶险，我已经撑不了……"

如果人性是灯泡，有的人点亮了，但光很弱；有的人可能一辈子都很难点亮一次，即使小心地点亮一次，也被他的邪恶之心笼罩着。

放牛

我家有一头耕牛，脾气好，走路一步一个脚印，踏实、能干。它不会用后蹄伤人，也不会用锋利的牛角破坏牛圈的墙和门。

假期我放牛，周末我放牛，下午放学后我放牛，这是家里给我安排的特殊"工作"。

农忙时，牛很辛苦。我应父亲要求，放学后到他干活的山上等着放牛。到了玉米地旁边时，我看到了牛兜嘴（竹子编的）边流着牛的口水。老黄牛见到我，两眼开始放光，它知道我会带它去吃新鲜的"草料"，可是我父亲根本没有要停下来的意思，这块地还有一半没有犁呢。我在玉米地边捉蚂蚱，老黄牛无奈地拖着犁，时不时地看向我这边，我心里冒出了同情的念头：做牛真不容易！老黄牛也多次摇头表示"抗议"，仿佛在说：孩子们都放学了，我也该休息了吧！大约下午六点以后，父亲才犁完这块地。

我牵着牛到玉米地边吃草，不能让牛碰到玉米叶子，如果毁了一棵玉米苗，有罪的就是我。在那个贫穷的年代里，玉米苗长高，收获了玉米棒子可以给我们带来幸福。一个玉米棒子磨成面煮成粥，可以当作两个人的一顿早饭了。

在玉米地旁边放牛，由于空间狭小，一不小心就容易惹祸。一只小麻雀突然尖声吼起来，这夸张的声音让我误以为是老黄牛吃到了"商品粮"！时间越过了七点钟，小麻雀依旧嚷嚷，牛还是没有吃饱，之后，我几次要求牛回家，牛都以低头啃草的举动表示反对。快到八点时，老黄牛才识趣地顺从了我。

第二天是周末，依旧是父亲和我牵着牛耕地。父亲到牛圈门旁，说："黄牛，过来。"牛瞥了一眼不予理睬。父亲又说："黄牛，过来。"老黄牛仍旧低头不动。"这牛可能生气了。"父亲说。就这样四五个来回，牛终于想通了，它慢悠悠地走了过来。

我们到了山上，又重复着同昨天一样的工作。到了中午十二点，母亲送来了午饭，我们吃饭，老黄牛看着，它眼下的两个牛鼻囊吹着气。我的心里很难受："如果可以，真想让牛吃到最好的东西。"到了下午三点多钟，父亲说："差不多了，可以放了。"于是，我牵着牛顺着地边找草场，牛吃到哪里，哪里就重获新生（因为过几天就又长出嫩草）。为了让牛吃到更好的草料，我爬地埂、过壕沟，我家的狗紧随其后。突然，狗连声高吠，我看到王家的儿子向这边走来。

他是来查看我家的牛有没有毁坏他们家的玉米地。王家儿子对我说："以后不要把牛拉来这里吃草，很危险的。"近七点钟时，我赶着牛回家，天空下着小雨，凉凉的，牛背上冒着热气……

周日，几个发小约我一起去放牛。我们把牛赶到一个空旷的山头上，牛在山上跑得很快，同一蓬草或草丛，都被好几拨牛吻过，我家的这头牛早已不习惯这种低效的奔忙，它不停地注视着山下的玉米地，也本能地向玉米地的方向移动，我不知道牛这样做是不是在向我发出"挑战"的信号？它也受到了我的多次"遣返"。看到牛的左边肚子后面凹下去的部位，它今天大概只是吃了个半饱。回到家后，我提着镰刀在村子附近的草地边割了一些青草，以此来弥补今天对它的亏欠。

自此以后，我都喜欢直接在草地边放牛，高效且心安理得。我还给不同的草地边标上"一二三四五六"这类编码，只要空五天，新的嫩草就一定能长出来。哪里有泥坑，哪里有凸石，哪里有壕沟，草的长势如何，我早已烂熟于心。长期这样，也引起了别人的怀疑，会不会不小心毁坏庄稼？会不会踏坏了他家的土地？如果哪家没有这样的想法，就会显得不合情理了。其实，我家的这头老黄牛早已放弃了那份"非分之想"，没有了"牛脾气"，是"真牛"了。

当老黄牛拉着一车玉米棒子到家时，我总会剖个南瓜喂它，以示奖励。这些时光虽然短暂，但总会让我感到周围有一股温馨的气流环绕着。这样的画面，直到几十年后的今天，我仍旧记忆犹新。

▲齐白石　作品